劉曉頤截句

劉曉頤 著

粉紅

●

是容許被凌辱的黑色使女

4 行詩

你的黑

是夙昔

卻成為——
冠冕

我的白是
頹然。
跪倒 摟住一片
霧

【截句詩系第二輯總序】
「截句」

李瑞騰

　　上世紀的八十年代之初，我曾經寫過一本《水晶簾捲——絕句精華賞析》，挑選的絕句有七十餘首，注釋加賞析，前面並有一篇導言〈四行的內心世界〉，談絕句的基本構成：形象性、音樂性、意象性；論其四行的內心世界：感性的美之觀照、知性的批評行為。

　　三十餘年後，讀著臺灣詩學季刊社力推的「截句」，不免想起昔日閱讀和注析絕句的往事；重讀那篇導言，覺得二者在詩藝內涵上實有相通之處。但今之「截句」，非古之「截句」（截律之半），而是用其名的一種現代新文類。

　　探討「截句」作為一種文類的名與實，是很有意思的。首先，就其生成而言，「截句」從一首較長的詩中截取數句，通常是四行以內；後來詩人創作「截句」，寫成四行以內，其表現美學正如古之絕句。這等於說，今之「截句」有二種：一是「截」的，二是創作的。但不管如何，二者的篇幅皆短小，即四行以內，句絕而意不絕。

　　說來也是一件大事，去年臺灣詩學季刊社總共出版了13本個人截句詩集，並有一本新加坡卡夫的《截句選讀》、一本白靈編的《臺灣詩學截句選300首》；今年也將出版23本，有幾本華文地區的截句選，如《新華截句選》、《馬華截句選》、《菲華截句選》、《越華截句選》、《緬華截句選》等，另外有卡夫的《截句選讀二》、香港青年學者余境熹的《截竹為筒作笛吹：截句詩「誤讀」》、白靈又編了《魚跳：2018臉書截句300首》等，截句影響的版圖比前一年又拓展了不少。

　　同時，我們將在今年年底與東吳大學中文系合辦

「現代截句詩學研討會」，深化此一文類。如同古之
絕句，截句語近而情遙，極適合今天的網路新媒體，
我們相信會有更多人投身到這個園地來耕耘。

【推薦序】黑色中的天光之眼——
序劉曉頤截句詩集

蘇紹連

　　劉曉頤的截句，大多能脫離被截之原作母體，不在其母體的軌跡裡運轉，而後自成截句新貌；她的詩中有大量黑色，濃郁而神祕，我們需要有看見黑色的能力，這時，我們要透過神聖的「天光之眼」，才能看見劉曉頤的詩像「黑蕾絲文本」，像「黑色的流亡詞典」。

一、原題／新題

　　劉曉頤這部截句詩集，完全是從舊作截取而來，有所本，有來源，有原作，每一首截句的背後都有原

本一個詩作架構。在讀這部詩集時，會考慮到兩種讀法：其一，是在截句與原作之間往返閱讀，其二，是捨原作而只讀截句。

第一種讀法非常有意思，先從截句題目看，有的和原作一樣，例如〈無懼於乞討〉、〈遊魂都諒解〉、〈她認領匕首〉、〈你犧牲使我失眠〉、〈名字的流速〉、〈你是我搖搖晃晃的山海經〉、……等這些截句的詩題和原作一樣，就像兩座相同的房子，一大一小，是可以對照比較，小的是大的濃縮嗎，或是小的少了什麼，屋內空間小了，家俱設置會少了什麼，還是更精緻了，居住的感受會跟大房子有何區別。

但有的截句題目和原作題目不一樣，例如：截句〈我能給你貓〉其原作題是〈我不走了〉、截句〈重演百年孤寂〉其原作題是〈劇場照亮劇場〉、截句〈希望初坯〉其原作題是〈青春期徒勞預知〉、截句〈珍珠色斑駁〉其原作題是〈裸體的陽臺〉、……等等，題目會不一樣，可能有兩個原因：一、截句內容無法乘載原作主題，二、截句主題已與原作主題不盡

相同，甚至完全相背。因這兩個原因，作者得需放棄
延用原作詩題，而重新再造截句的詩題。如此，讀劉
曉頤的截句時，是否要從截句新題和原作舊題之間，
探討轉題的因由嗎？我覺得倒可不必，因為這時候，
可以和原作割除，截句已是完全的新主題、新作品
了，是一個全新的生命。新生命，有其誕生的母體，
但非必要靠著母體成長或存在。截句，是可獨立於母體
原作之外的全新詩作，如此，才不會有閱讀上的包袱。

　　所以採取第二種讀法：捨原作而只讀截句，是理
所當然的事了。

二、黑色／白色

　　要談劉曉頤詩作的特色，我認為可以從劉曉頤
的詩集中，最常出現的顏色：黑色，由黑色來見證特
色。我原以為劉曉頤的詩作色調是粉色系的，可以呈
現輕盈、溫柔和光亮的感覺，例如：粉紅色、粉藍
色、粉紫色、粉黃色等，但讀遍了她的詩，竟然不見

這樣的色系，相對的，是厚重的黑白色調，尤其是黑色。用在詩中，黑色往往是低調隱晦而神祕莫測的象徵，當黑為主體物的顏色或是形容詞，則主題刻劃有如剪影，輪廓鮮明，特徵凸顯，給人強烈的印象，例如詩作〈你為我觸犯黑暗〉、〈黑文本〉等詩都是，又如〈慢速相認〉這首詩：

　　放棄俯衝的流速，流蘇般
　　軟軟垂下，她按住裙襬中的鳥群和流火
　　對我虛眯眼笑
　　像黑桑樹和黑田野對望

　　最後的「黑桑樹」和「黑田野」成為剪影般的刻畫，一人像黑桑樹，一人像黑田野，相互對望，象徵了含情脈脈。

　　當黑色做為背景，或做為底色用，對詩則會造成一種氛圍般的鋪設，襯托著主體物，讓主題的呈現得更明確，例如「你在黑暗中抱膝而坐的樣子像天

使」，「抱膝而坐」是人物形象，成為「天使」是一
種聯想，形象和聯想在畫面上結合則成為一種意象，
這種意象的氛圍到底為是正向還是負向，則由背景來
決定，如果背景是光線明亮、色彩鮮明，則坐在其中
的天使是快樂、活潑的，如果背景是看不見色彩的黑
暗，坐在其中的天使就給人蕭穆、鬱抑的感受。但
是，黑色在劉曉頤的詩中，有多重的象徵意涵和表現
目的，「黑裡，嬰兒眼睛」是冀望能看見光明，「絞
著一首黑色的歌」是那麼的用力著，「當末日童話長
出深黑的莖蔓」不是綠的色澤而訝異，「反正他們習
慣把玻璃房搭建在黑色傷口上」更加痛楚。黑並非全
是負面的意義，黑其實是這樣的，從「思索純真的黑
潮或風格」、「可以瞬間擦亮的都有漆黑的身世」、
「黑暗中，許願最靈」等詩句來看，黑色可以是純真
的形容詞，可以做為瞬間被擦亮的底色，可以促進許
願的靈驗，這些都是對黑的正面敘說。尤其讀到「被
夜所愛的孤兒，只要還看得見黑色／你就是一千零一
夜的遺族」這句，可以示意為：只要還有能力看見黑

色者，就可見證自己的遺族身份，不會是遺棄的孤
兒。是的，在黑暗的夜色中，我們都需要有看見黑色
的能力。在〈黃昏炊火〉這首詩裡：

　　她欹斜的閣樓是一格
　　黑汪汪水田，病的味道像很遠
　　很遠的黃昏炊火
　　飄入懷中嬰兒虛乏的眼睛

　　能把「閣樓」看成是一格「黑汪汪水田」，我猜
是因這時候是黃昏，天色暗下來，炊火很遠，田裡水
色尚有微弱的光線可映現，讓閣樓的形象宛如剪影。
　　與黑色相對的是白色，劉曉頤也常用到，一般來
說，白色的象徵意義與黑色截然不同，幾乎是相反相
背，當黑是負面的陰暗，則白是正面的光明，當黑被
講成惡時，則白成了善的代表。不過，這種世俗的概
念並不會拘束了詩人改造及創設另類的象徵意義，像
黑的顏色在劉曉頤詩中已不見得代表惡了。同樣的，

白色也不一定是幸福的，而是代表了歷盡滄桑之苦。
〈白色滄桑〉這首詩：

　　一個白色謎語尚未解開就正在閃逝
　　白色海洋最後一滴淚
　　從我滄桑的眼睛
　　流到你，天光之眼

　　「閃逝」的白色正如未能解答的謎題，一下子就
不見了，一點點解開的希望都不給，讓人悵然若失；
汪洋的海洋是卻只有留存最後一滴淚，因為白色，那
一定光亮刺眼，從我眼流到你眼，幸好能像聖靈一樣
成了「天光之眼」。劉曉頤的詩往往有一些奇蹟似描
寫，像〈白夜眨眼〉這首，「奇蹟的線頭，就埋在你
／每一遭欲振乏力的懸腕／白夜指紋／傷過又癒合的
每一道割口」，線頭埋而懸腕，使腕不致於垂萎，指
紋傷過而又癒合的割口，能無留痕跡，這樣的救贖現
象，當然用「白夜」來當奇蹟現象較適合了。

　　其實，劉曉頤喜歡用具有張力的意象寫詩，黑白並置是其中的一種方法，原本「夜」應該是以黑形容，但劉曉頤以白形容夜，造成概念上的矛盾和反差，從概念提升到意象，意象與現實不一樣的時候，就會完全陌生化。劉曉頤有個極具對比的詩句：「她雪白皮膚下的暗夜」，暗夜讓雪白皮膚更為雪白，雪白皮膚則讓暗夜更為黑暗，再也沒有第二位詩人描寫女性肌膚而可寫出張力這麼強大的詩句了，暗夜有無比豐富的神祕和可能，雪白皮膚有無比的官能刺激和想像。

三、光／影

　　黑色的劉曉頤其實渴望著光，有光照來，照射到物，就會有影，而背後有光，黑色就有了剪影效果。光的存在，何其重要！「晨色捲捲的，為陰影和靜物，打上軟輪廓」晨色有光，所以可以為任何陰影和靜物打上「軟輪廓」，此軟輪廓即是剪影。

　　劉曉頤渴求的光，是來自於天光。「晨光第一道摺痕打在／印象派的瓦」的晨光，「在曙光的金燦織物上／戳刺我和太陽之間的默契」的曙光，都是屬於天光，清朗而有朝氣，「叮鈴鈴駛過的天光列車──」喚醒沉睡的大地，給人們帶來光明和希望。

　　但有時候，光也可以和哀傷結合，讓人的情緒變得哀而不傷，例如這句「曙光來自暗夜懷裡珍愛的一滴淚」，簡化而說：「曙光」就是「淚光」，暗夜裡哀傷的淚光成為黎明時照亮天際的曙光，雖然光源自於淚水，但也不是一種傷痛了。

　　在劉曉頤眼中，任何東西都可以發光，像「馬賽克形構的每塊石頭／都微小發光」詩句裡的石頭、「裸裎的肩胛／被發光的堅果刺穿」詩句裡的堅果，都發光了，感覺因為發光，石頭和堅果才有了力量去進行它們要做的事。光，其實在劉曉頤的詩作意涵是象徵一種生命的能量，有光就有熱，讓一切困阨消匿。雖然光是強大的，但劉曉頤卻能寫出〈卑微的亮度〉：

安於卑微的存在形狀，偶爾摸索心器
一千朵桐花無聲落在暗室。妳說，「要有光
——」
就沒有皺紋了，像雪中商旅，以初生的瓣蕊為
文本
白蠟筆繪描一場唇語與字母的芬芳

　　「就沒有皺紋了」，這是小小的卑微下的請求，沒有皺紋就好，不需要大量的光和強烈的亮度才可做到的事。像〈透明之傷〉：「我們搖蕩的馬戲班行伍／微小地發光／玻璃韻腳／哀傷大於十一月革命」也是需求微小的發光就好。光過於強烈，反而會帶來傷害，當「身負光的擦傷，半暈眩」的時候，像在陽光下工作者，被烈日灼傷，反而需要在陰影中才會感到舒服。「天光刎頸」這樣的描述雖在詩中是指思念過度，但不妨也可視為光的力勁和傷害，所以用光是要適度的，別讓「穿透的光都暗啞」了！

　　讀劉曉頤的詩，彷彿看見她在「夜晚寫下的字／搖搖晃晃穿越詞語的月光」字字句句都散發著月光柔美的光澤，或是穿越詞語的曙光、晨光、星光等等的天光，雖有時哀矜，但亦都是如此柔美。劉曉頤把自己交給天光，祝福她像一座女體星辰，在詩壇發光。就如她自己的許〈黑暗中，許願最靈〉這首詩：

　　　　對望，與靜止二百年的鍵琴
　　　　縫隙流下哀矜的眼神
　　　　只因，一座女體星辰要有光——

讀劉曉頤截句詩集

　　我一直喜歡把截取舊作的詩句重組成的詩，當作全新的詩，從不去探索和舊作有何關聯。當然，截取而寫的詩，有它的舊作為母體，但是一旦從母體割捨出來，它必然要成為一個全新的生

命，不受舊作控制，否則截句的詩體仍然要放回母體裡去讀，那寫截句詩就會成為多此一舉了。

截句詩能獨立存在，我相信這才是好的截句詩。

詩創作的浪潮是一波一波接著來，詩人逐浪詩壇，不在浪端，也得浪中，順流跟隨，否則在浪潮之外，也等於在一個階段的名單之外。

目　次

輯一｜來我裙子裡點菸

輯二｜春天人質

來我裙子裡點菸

你清澈的性

你清澈的慾望

使我迷霧哀愁的森林

長出小鹿眼睛

截自〈你城邦的注視〉

凹陷的存在

性像城邦的注視般巨大

沉默之眼般慈悲

你在軟氣流裡

發亮的中心點瞬間崩塌

　　　　　　　　　　　　截自〈你城邦的注視〉

時間的毛邊

我們醒在魔術手指劃出的

寓言、薰衣草香森林

風的茉莉複瓣，吹散一場公路電影

時間的割傷有毛邊書觸感

　　　　　　　　　　截自〈你城邦的注視〉

流亡的太陽

你曉得，最後只有性是慈悲
親愛的捲菸從此你不再流亡
在我轉瞬即逝的灰色手指
捲成一枚太陽

截自〈你城邦的注視〉

語言的陰影

我們相遇，以長久累積的暈眩

彼此招呼。但你還蹲坐於陰影畫圈

像被罷黜的少年君王　　低首

絞著一首黑色的歌

　　　　　　　　　　　截自〈語言的窗牖之間〉

諸神的糖果

感官熄滅前，請你
為自己旋下一顆珍愛的琥珀
像諸神嬉戲時散落的糖果
搋在大地的心上

截自〈名字的流速〉

名字的流速

你在夏天的暱名，是野鴿

穿越玻璃帷幕

　飛過芬芳的乳房，忽又飛成

　冬天壁爐噼啪響著的柑苔香——

　　　　　　　　　　　截自〈名字的流速〉

劉曉頤截句

星空之由來

會飛的名字是諸神嬉戲時散落的糖果

懷摭在大地的心上，任時間

瀝去成色，又濺越斑斑點點淋漓的淚光

——就有了亙古星空。

截自〈名字的流速〉

狂捐式抒情

我們只有一片草坪可以流亡

可以無所肆忌地相愛

翻滾，耽溺一次

雷雨後的抒情藍調

　　　　　　截自〈我們只有一片草坪可以流亡〉

音樂性骨折

我們在煙火焚毀前的櫻花小鎮

眩惑於光速，忽前

忽後、閃爍不定

撿著熟迷的慢板，像撿骨一樣

截自〈我們只有一片草坪可以流亡〉

瞄準再殲滅

我們只有一座廢棄的古花園可以迷路
一張地圖可以安慰指腹動容的記憶
像輕輕收捲了日月
我們只有一顆星星可以瞄準，去殲滅

截自〈我們只有一片草坪可以流亡〉

搖晃的季節

小馬車搖晃十四行詩
倒背如流如旋轉的夜露
炭盆上烤著三月

　　　　　　　　截自〈青春期徒勞預知〉

安息日自焚

我摸索不到你的肋骨但無甚親暱

沒有火種，卻可以自燃

甚至可以選個安息日

盈盈好聽地爆炸

截自〈青春期徒勞預知〉

時間分岔了

朦朧之鳥，每片分岔的羽毛尖梢
在曙光的金燦織物上
戳刺我和太陽之間的默契：
曾經，我的乳房是浪，游曳悲欣交集的魚

　　　　　　　　　截自〈但流言多麼快樂〉

回首瞬間

許多年，你習慣後肩胛骨鈍痛

翅膀倒插

偶爾錯覺它正在生長

　　　　　　　　截自〈你城邦的注視〉

邊城情歌

愛已不足以跨越荒漠

但月亮是邊城的情歌

可以瞬間擦亮的都有漆黑的身世

未來會唱歌的骨灰罈

截自〈你城邦的注視〉

摩擦邊緣

差點，會翻譯雪聲的花貓

也要失語

你夜晚寫下的字

搖搖晃晃穿越詞語的月光

　　　　　　　　　　　截自〈差點，就不是了〉

祕密傳禱

渾圓的冬日都要沒入疏淡不祥的感官

讓我們縞素

讓我們虔誠

默誦陰騭的蝴蝶連禱文

　　　　　　　　截自〈差點，就不是了〉

祕密的安詳與戰慄

你用指尖，收攏一束風雨
然後睡成幻燈片裡的煙火
忽明忽暗
我就有了旋轉燈罩的快樂

　　　　　　　　　截自〈差點，就不是了〉

苟活為了交換破碎

我胸口的頹牆。你
支持我在這裡苟活
用體內的碎玻璃和花香
交換不祥的黃昏

　　　　　　　　截自〈請你支持我苟活〉

存在是一顆黃奶油

只有凹陷能讓存在的形狀浮凸

玲瓏，滑膩，一如此刻

你謙遜的脖子如此奶油

嘗了就可以低調地去死

　　　　　　截自〈我們只有一片草坪可以流亡〉

流放

飛行器拍槳挺進

紫流蘇的身體倒插匕首

你的悖逃已免於其刑

截自〈你城邦的注視〉

掩護

來吧，鑽入我變形蟲花色的裙子

無論你想跳舞或流亡

至少我可以掩護你

成功地點燃一支菸

　　　　　　　　　　截自〈來我裙子裡點菸〉

餘生

你渾身都是溼淋淋的時間
朝我走來，說，心底已經
蔚藍得漣漪都感覺到換氣
「自從被撈起，往後都是餘生。」

截自〈名字的流速〉

途經

不用停下來，不用
啄吻額頭，不用拓刻名字
當我們途經彼此，仰望的小水窪已經
濺起最美的動詞

截自〈途經〉

謙遜

沙漠裡的桑葚是對眼淚的渴望

石榴面前

紅寶石唯有謙遜

截自〈星星密碼〉

哀矜

終究不是雨能懂的

柔曳的虛線繞過你，再繞過我

徒留一枚楚楚可憐的韻腳

　　　　　　　　　　截自〈甜爵士獨白〉

堅強

她按住裙襬的隱忍表情

彆扭起來

幾乎像病著一樣美

截自〈我們在滂沱的黑暗裡相認〉

詩是……

我撥開它

像溫柔地撥開一個亂世

遂有發亮小徑如肢體語言

　　　　　　截自〈請你支持我苟活〉

最迅疾的是⋯⋯

時間核裡的淚滴隨山巒的綿線而伏動

光速從未來流過來

林野中狂奔的龍涎花粉是

你名字的流速。

截自〈名字的流速〉

行動藝術的抵抗

你喃喃說，「君王掩面呼不得——」
（沙地上，一遍遍複寫——
每一遍都加上「——」）

思念如　就著天光刎頸——

　　　　　　　　　截自〈語言的窗牖之間〉

力學之父

波爾，現在你是我最後的力學
你是我
最後一杯
鏽斑的雨聲

截自〈請你支持我苟活〉

透明之傷

我們搖蕩的馬戲班行伍

微小地發光

玻璃韻腳

哀傷大於十一月革命

　　　　　　　　　　　截自〈彈孔裡的夢〉

彩虹假釋

去年胡桃殼裡的笑聲

被彩虹帶走

獲釋的冬日

我露出肩胛骨的雪

截自〈彈孔裡的夢〉

希望初坯

旋轉火的腰弧像旋轉你

劈開你的聲音像劈柴

斜面剖開的星星

將陶塑你日漸傾圮的語言

截自〈青春期徒勞預知〉

極致快樂

太陽沉落在杯盞裡
月亮滲出甜蜜的血

啤酒花和篝火節之間
我選擇自焚

截自〈殉情〉

縫隙之愛

如果縫隙是愛，魚苗就是早於想念的想念
如果找到午後陣雨投射在杜鵑花上的圓心
或許我們可以
繞著彼此舞踊，像一隻聊齋中飛出來的蛾

　　　　　　　　　　　截自〈途經〉

流亡的詩

波浪起伏的山巒是已逝者的愛
至今波動猶太人血液
流亡的詩，還活著。曙光來自暗夜懷裡珍愛的一滴淚
還波浪著，還活著。

　　　　　　　截自〈那些還波浪著的，活著〉

游出夜晚

因為死過所以輕盈的魚天使

說熱帶語言，夢亞馬遜雨林

然後甘願，從描圖紙撕開一半的夜晚

微笑游出

　　　　　　　　　截自〈你在夜晚被偷走聽覺〉

懸掛夜色

嬰兒蜷在廢墟裡安睡
劃過阿里涅乳房的流星雨
印象派的母親，回頭懸掛
等在南方街心花園的0.8微秒夜色

截自〈搶救時間廢墟〉

日子小令

沙沙。叮叮。你聽。生活安安靜靜

你說，讀不懂時間之書

蝴蝶頁會飛，扉頁是史前之雨，而終章

許是靜脈升起的香醇小米酒

　　　　　　　　　截自〈微小的間距〉

烏克麗麗與桑青

如果你是烏克麗麗

我就是寶貝的桑青

你是虛構的雪，日光中的琴聲

我是森林沿途飄落，千瘡百孔的字

截自〈彈孔裡的夢〉

童年仍在分殖

靜脈升起一隻濕淋淋的貓
冬天無性繁殖成更多素白的面孔
而回憶穿著雪靴走來
詞語的皺褶升起孩童泡泡

截自〈微小的間距〉

波爾多無伴奏

青春期的松鼠放棄可愛的小事
模仿蕈菇的驕傲
不再交頭接耳了
用尾巴旋轉波爾多無伴奏的雨

截自〈青春期徒勞預知〉

幸好我們還有語言

流言在時間邏輯上是多麼快樂的命題

鳥羽是快樂到顫抖的字

截自〈但流言多麼快樂〉

重度嗜甜症

唉，我們總是如此嗜甜而矛盾
追隨長銀笛上的流水
後設派的龍涎香
對南瓜派的正義念茲在茲

　　　　　　　　截自〈你點菸說愛，我呵欠〉

毛茸茸孤單

此刻，我的倦意

是等待被擁抱的熊

有一天我們又會是毛茸茸的了

　　　　　　　　　　　截自〈被夜寵愛的孤兒〉

微小的間距

3釐米間，有流動的南瓜燈眼睛
Ｏ字形唇語，做柔軟體操的沙漏
雪。雪。雪。
捲起來的星圖，字的蕾蕊和蜂巢

截自〈微小的間距〉

你點菸說愛，我呵欠

你總是過於華麗地離群索居

在行將夭折的島嶼上點菸，說愛

我卻呵欠垂釣

金魚泡泡般飽滿的落日

截自〈你點菸說愛，我呵欠〉

甜傷口

夜的果核，是你祕而不宣的小小傷口

你把昨天折疊得像說不出口的愛

小小的

截自〈昨夜夢遊癖小抄〉

偽政權

你是我靈魂大漠的偽政權
捨身卻又棄邦而去的領袖
叮鈴鈴駛過的天光列車──
汽笛聲中都是青鏽斑，像骨灰灑向春天

截自〈你是我搖搖晃晃的山海經〉

你是我搖搖晃晃的山海經

你是血肉飽滿的聖稜線
抑或一道會渴的光？

渾身彈孔，裡面貯滿雨水
你是我、筆墨無多　搖搖晃晃的一部山海經──

　　　　　　截自〈你是我搖搖晃晃的山海經〉

你是貓咪還是班雅明？

即使貓咪和落日、時鐘之間

也可能充滿誤解

需要註釋，或調開注視

你是貓咪還是班雅明？

　　　　　截自〈雨聲是錯的，真的是……〉

被夜寵愛的方式

即刻起，夜就是酡紅蘋果

以薄皮下全部的腴脆

多汁地環抱一枚小圓核

　　　　　　　　　　截自〈被夜寵愛的方式〉

被夜寵愛的孤兒

你的流離是盲人咿呀的歌謠

空茫眼神打溼我肋骨攀升的新月

被夜所愛的孤兒，只要還看得見黑色

你就是一千零一夜的遺族

截自〈被夜寵愛的孤兒〉

穿越那片紫

夢中牝馬總是啃食最嫩的草心
夢中奔馳總是高速穿透自身蒸餾的葡萄紫
勞作的人不知自己兜售的是煙霧

　　　　　　　　　　截自〈夢中牝馬〉

文字夢遊癖

字與字之間的茉莉，松針，杏仁

細肩帶滑脫的介係詞

有時迷藏，有時行動藝術

有時搖搖晃晃組列成夢遊成癖的小抄

截自〈昨夜夢遊癖小抄〉

活潑的圍困

作弊也可以是一種浪漫

可惜活潑得不適合攜帶

可惜，爬滿仿舊式光暈和囈語的木梯

插上螺旋槳，依然繞不出一條曲折多情的街村

　　　　　　　截自〈昨夜夢遊癖小抄〉

詩的計算法

顢頇學步的水梨是一枚神祕的關鍵字：

一旦破解，凡傷逝者

都能計算出雨中杜鵑的圓周率

從圓心，徒步走到太陽的雌蕊

　　　　　　　　截自〈時間有邊界嗎〉

夜的性感帶

眠床與香爐之間，夜的性感帶

白日走失的字母都像失去磷粉的精靈

身負光的擦傷，半暈眩

依約到一個明室的刺點去相認

截自〈睡一部黑蕾絲文本〉

夢中牝馬

奔倦的牝馬，尾鬃是粉蠟筆粗線

從思鄉小徑，慢慢削入

曳動的時間草原

削入滴著淺藍色血液的夢

截自〈夢中牝馬〉

時間麥粉

動物與人類都有微渺的永恆
像堆疊的俄羅斯娃娃
每一格，儲滿眼淚與袖珍殞石
倒流笑聲，和著兩小茶匙麥粉

　　　　　　　　　　截自〈夢中牝馬〉

書寫傳說

火種之間口耳相傳：
只要想寫，每枝筆
都住著一個深情的巫祝

　　　　　　　　截自〈書寫傳說〉

魔術花剪

無人知曉的隱祕盛夏

鬱金香的身體為什麼自燃

哪一種天空襯景，令花剪魔術般停格

停格的秒數呢？

截自〈時間有邊界嗎〉

魔術時間

鳥鳴博物館飛的都是時間
每個停頓都是微小的召魂
那傷逝的，隨流火而浮上嘴角
流質襯衫燃放一朵出岫的火焰

　　　　　　　　　　截自〈時間有邊界嗎〉

星星辭源

以肌膚錘測落日的精神重力
星星圓規呢，不妨視為放射性的虛線辭源
反正他們習慣把玻璃房搭建在黑色傷口上
內心珍藏的蛋殼，像散落擺滿空椅子的堂廡

截自〈時間有邊界嗎〉

合唱缺口

眾聲喧嘩，而夢過的
天使合唱總是
缺了一角。淺斟萊姆酒澆莫凍土
低頭喃喃「妳是個啞巴。」

截自〈詩人論〉

留在那片草坪

曾易感接縫，穿透的光都瘖啞了
所有你曾縱失過的草寫簽名
鳥羽般紛落於
同一片草坪

截自〈為了一場手語〉

即使終將徒勞

把蒸餾過的雨聲對折

花苗般灑在左肩

栽植櫻草色的三月

即使蜂蜜色的六月也許不來⋯⋯

　　　　　　　　　　截自〈為了一場手語〉

為了一場手語

我穿越有甜份的滄桑

僅只為了

來到這裡

看你悠緩地比劃一場手語

截自〈為了一場手語〉

時間的玫瑰雨

土窯小屋像天空素淨的遺容

唯一妝扮：

時間的玫瑰雨

截自〈時間的玫瑰雨〉

柴火上的時間

即使病倦的太陽也會

飄舞淺橘色髮辮

至於，大地間傳遞的落果，豈不是、

柴火間，一邊死去一邊眨眼的性愛？

截自〈那些還波浪著的，活著〉

那些荒涼的溫柔

去睡一個雕在月亮上的名字

睡一根肋骨的荒涼、石器時代的雨水與饑饉

睡一個不曾闔上的黑蕾絲文本

去睡妻子般溫柔的空城

　　　　　　　　　截自〈睡一部黑蕾絲文本〉

當我們討論思考

讓我們回到爐火前，討論靈與肉
你的論述是劃過皮膚表層的冰刃
尖口微秒顫抖指向
非洲舞，瞬生瞬滅的地獄

截自〈論思考〉

遠方有人撥脆弱的弦

如果你有。母音浮升的
迷迭香森林，無座標令人恍惚，未還魂呢已經聞到
遠方有人曬棉被，烤石頭，撥脆弱的絃
農地的傷痕是熱的。熱的。熱的透明的醉去

截自〈詩人論〉

關上，才有縫隙

我關上海風　　關上蜂蜜的感官
任星圖的草稿終夜拓染你薄薄的衣衫
逐漸透明得可穿越光陰的纖維
挽不住的縫隙

截自〈悖反的光熱〉

你寂寞的樣子

我用仿舊式的雪花描摹

你寂寞的樣子

像一種最最無辜的天色

截自〈悖反的光熱〉

你的等候是雨

邊咳嗽邊等待你在咳嗽你在等

雨水打溼

她入秋的鎖骨和月亮

截自〈裸體的陽臺〉

小屋裡的鄉愁

晨色捲捲的，為陰影和靜物，打上軟輪廓
慵懶的亞麻布同時對日光和蜂巢有了鄉愁
睡睡醒醒的果蟲
如嬰兒，瞇著眼吸吮時間

截自〈秋分小屋〉

任堅果刺穿我

我握住鋒利但美好的刀口
我握住每寸0.03秒停格的夜色
裸裎的肩胛
被發光的堅果刺穿

截自〈霧抄〉

悖反的光熱

如果你在夜晚拾獲Ｕ字型漏斗

把我懺情的聲音倒過來，Salsa，搖一搖

悖反也是

我們彼此給予的光熱

截自〈悖反的光熱〉

珍珠色斑駁

你的心事芭蕉斑駁，她自顧自華麗

你的咳嗽是珍珠色斷線

她隨口哼唱就能使你靈魂

酥脆的鑲邊烤焦

截自〈裸體的陽臺〉

絕版如詞令

我和傳說中絕版的貓薄荷

薄霧般交談

指尖撥開風的茉莉複瓣

動作如女詞人般細緻而哀矜

截自〈甜爵士獨白〉

老者的眼睛

他聽到綠繡眼的歌和雨滴的韻腳

他在霧中，歛著麋鹿的神情

他睜開眼，孩子般清澈

那樣的清澈只有天使能看見。

截自〈老者的眼睛〉

手搖杯風景

黑暗滋釀的末日童話

飛來仲夏鮮豔裙幅裡的鳥

手搖杯的苦艾酒

搖出一片蛋殼和迷彩的風景

截自〈毛毯上的小太陽〉

流星點播曲

那些被換取的，還等候澆水，還想被煨暖
還想再聽一首
流星倉促點播的自選曲

截自〈毛毯上的小太陽〉

胡同日子

腴脆的同義反覆

重組失節的列車，琴聲爛漫的胡同

忽高。忽低。忽長。忽短。隱居的

日子依然瞬忽，如果拋擲，如臨終之眼

截自〈詩人論〉

劉曉頤截句

天使謊言

那時，我們有羽毛落在石室的預感

冰雕與夢土，夜如野曠

曠廢的注視或許離日出不遠

極致的謊就是天使

截自〈複寫植物幽靈〉

病中香氣

「病體即香氣。」你說
堂皇迷戀青花瓷般的憂愁與曲線
萎頓前，請你
小心翼翼地待我病身裡發亮的繭

　　　　　　　　　　　截自〈複寫植物幽靈〉

童話轉譯

秋分以後，我的小屋
是斜陽調色的藤編果籃
在你留下的凹陷裡
微笑地轉譯橘子和酪梨的味道

截自〈秋分小屋〉

魔術太陽

當末日童話長出深黑的莖蔓

模仿換日線

你眼中還有一顆

落在毛毯上的暖黃小太陽

截自〈毛毯上的小太陽〉

原諒憂傷

大方袒露半邊的瑩白乳房

優美的褐紅傷疤

噙著半朵微笑

所有憂傷中的慣犯都被原諒了

截自〈倒流〉

玻璃回望

玻璃旗幟已經豎起——

老派的鄉愁在城市的空隙之間

馬賽克形構的每塊石頭

都微小發光。懷有鄉愁者都傾醉了

截自〈當你預知即將死於凝聚瞬間的魔力——致班雅明〉

土星之子

倒影中的倒影，如臨終的返照
回望時的洞穿之眼
腹語中的腹語淬出青銅的殘渣
哎，你原是土星之子

截自〈當你預知即將死於凝聚瞬間的魔力──致班雅明〉

當你預知即將死於凝聚瞬間的魔力

傾斜地斟下一道靜脈下的彩虹

沉澱巨幅寫在玻璃上的歷史

深情的回望，一座虹橋斷裂的凝視

同時你。燃起瑪啡。

截自〈當你預知即將死於凝聚瞬間的魔力——致班雅明〉

我需要暗下來

有時候我需要

質數的幽靈，複數的流質太陽

陰性夏天憂憊的娥眉

我需要抽掉一些芯和亮——

截自〈我們在滂沱的黑暗裡相認〉

彩鳥飛入滂沱

黑暗裡，她的裙幅裡有鮮豔的鳥群

那麼滂沱的暗──

虛睇眼。沒有話說。

截自〈我們在滂沱的黑暗裡相認〉

雪膚下的暗夜

她雪白皮膚下的暗夜

隨處流轉的病的因子

揹著孩子，哼著秧歌

她哺育著，荒蕪之中，春暖的可能

截自〈我們在滂沱的黑暗裡相認〉

你是慢，是等

紅豆杉神情檻褸，枝椏卻伸向天空
那抽長而回繞，細細捲束著的
你，是慢，是等
是一盅小火細燉的暖粥

截自〈捲菸與相思豆〉

前世我們放牧詩經

如果，病得再頹唐再魔幻一點，我們

就會是黑色的流亡詞典

前世，再前世，從容放牧的詩經

像整片邊塞的抒情草原愛上水鳥

截自〈我們在滂沱的黑暗裡相認〉

我的戀人宣告孤獨

我滿月夭折的戀人
握著一枚會哼唱小村民謠的海星
宣告此生孤獨

　　　　　　　　　截自〈滿月夭折的戀人〉

黑暗中，許願最靈

對望，與靜止二百年的鍵琴
縫隙流下哀矜的眼神
只因，一座女體星辰要有光——

　　　　　　　　截自〈我們在滂沱的黑暗裡相認〉

黃昏炊火

她欹斜的閣樓是一格

黑汪汪水田，病的味道像很遠

很遠的黃昏炊火

飄入懷中嬰兒虛乏的眼睛

　　　　　　　　截自〈我們在滂沱的黑暗裡相認〉

廢墟獨唱

有時候我想，骨灰可以預先儲放

在有蝴蝶結粉撲的可攜式粉盒裡

偶爾白粉般敷在臉上

在廢墟，唱戲，一個人補妝

　　　　　　截自〈我們在滂沱的黑暗裡相認〉

慢速相認

放棄俯衝的流速，流蘇般

軟軟垂下，她按住裙襬中的鳥群和流火

對我虛眯眼笑

像黑桑樹和黑田野對望

　　　　　　截自〈我們在滂沱的黑暗裡相認〉

檸檬錯視

向日葵不懂如何計算圓周
小小的鼻尖猶自挺向太陽
畫不出金黃色的想念濃度
只是錯覺，一種鄉愁像堆滿熟檸檬的巢

截自〈我將不只聽到自己的呼吸〉

栩栩如真

如果，所有表述失去原本的意圖
連語言都臨屆末日
請求你，趁反光還在，最後一次
高擎自己虛構的太陽

〈截自〈滿月天折的戀人〉

徒勞預言

下個盛世天空的普魯士藍

預先閃逝在你天真而疏淡的眉眼

你的發明都被挽留過

　　　　　　　　截自〈滿月天折的戀人〉

書寫原鄉

你是烘焙過的奶油莊園

是書寫原鄉。你背離自己又頻頻回望⋯⋯

親愛的。你是捲菸。

　　　　　　　　　　截自〈捲菸與相思豆〉

病室書寫

垂老者於病室裡顫抖的書寫

是蒲公英的白色血液

流淌過無數田園鄉間，春霧瀰漫的小馬車

截自〈言說之外，天仍會亮〉

白色滄桑

一個白色謎語尚未解開就正在閃逝

白色海洋最後一滴淚

從我滄桑的眼睛

流到你，天光之眼

　截自〈孩子，我為你關閉時代──致曼德爾施塔姆〉

火的母親抱緊柴

我必須按住欲飛的器官

徒步於坍方的雪，去擁抱他

像火的母親

抱緊一根柴薪

截自〈我徒步走向恆河的孤兒──致以生命書寫者〉

卑微的亮度

安於卑微的存在形狀，偶爾摸索心器
一千朵桐花無聲落在暗室。妳說，「要有光──」
就沒有皺紋了，像雪中商旅，以初生的瓣蕊為文本
白蠟筆繪描一場唇語與字母的芬芳

　　　　　　　　　　　　　　　　截自〈卑微的形狀〉

童真走過天涯

睡過杏仁核，繞過胡桃木林

七十七次。那些，顫巍巍的字

初生軟骨動物般，覆著胎衣，睡睡醒醒

疾病的味道帶有蒲公英飄飛的甜味

截自〈言說之外，天仍會亮〉

我把你交給天光

孩子，我把你交在聖稜線下
月光的裸視。交在大地伊始的軟眉目

我用發不出祈禱聲的圓嘟嘟唇形
把你交在隱形小窗口。

　截自〈孩子，我為你關閉時代──致曼德爾施塔姆〉

他的字拒絕被抹去

垂老者於病室，一次次
撿拾潮溼的樹枝和鈍錨
拼湊著，碎蛋殼般，純粹語言的力量

　　　　　　　　截自〈言說之外，天仍會亮〉

註：法籍詩人博納富瓦於88歲時，發表〈當下時刻〉，詩
　　詠：「你的字拒絕從宇宙中被抹掉。」

春天人質

二

裂瓷遇到手

春天以前

我們還是可以睡得很暖活得很好

像裂瓷的細膜遇到手

截自〈春天人質〉

無懼於乞討

遺址的雜草終究是綠的
破舊的星辰是一再補上的鋼釘
漸漸我無懼於向已逝伸手乞討
也即將無懼於折損

截自〈無懼於乞討〉

遊魂都諒解

所有溫暖的遊魂都還在這裡

諒解你，離去或歸來

都只是想要健康幸福

截自〈遊魂都諒解〉

她認領匕首

他撥開了毛邊

他滲出了眼淚

她撿起沒有人認領的匕首

認領他們的唾沫

截自〈她認領匕首〉

纖維的渴慾

縱火的輕飛入纖維的骨

危脆而堅硬如亡靈肋骨的弦

毛細孔注滿真空

竟然渴念了起來

　　　　　　　　　　　　　截自〈再次決定〉

淋濕的語境

淋著字雨的時候
你是我
邊陲的語境

截自〈解放文法〉

同性愛，光

或許我們原是同一雙卵子

同形狀鮮花骨盆，同等柔嫩十指

只堅持一種性別，一種忠貞

原始的光中，為彼此婉轉梳辮和唱歌

截自〈同性愛，光〉

我能給你貓

你知道，混線毛球是多愁善感的
像我交出沉思的眼睛
什麼我都能給，你和悲哀的玻璃語言
包括你的貓和鮪魚罐頭

截自〈我不走了〉

忠貞的信史

無言可能更為熱忱

然而我們必須秉持夕拾朝花的孤意

不為見證、挽留或象徵,只是呢喃:

史前,我們擁有更真實的故事,是真的

截自〈溫柔的病史〉

十架前約定

窗燈在玻璃上，按捺的食指流動

呵一口霧，小指打勾：

好嗎永不為殉道而殉道

　　　　　　　　　　截自〈十字架上的思念〉

春天以前

髮尾掃過幾粒甜屈奇餅味雀斑
我們傾倒於交換各式顏色和聲音
交換指甲，像交換眼淚
竊喜於可能即將被挾持

　　　　　　　　　　　　截自〈春天人質〉

春天廢墟

夜色彌合夜色，火種引焚火種

我沿著你半盲而酷似沉思的眼睛

蜿蜒卻終究抵達

沒有你的春天廢墟

截自〈無懼於乞討〉

魔術寫字

為了留住一場短春雷
像提琴刮傷的身體，哀愁的小腹
我們相繼凹成弓弧的姿勢
寫字

截自〈魔術寫字〉

天使髮漩

你在黑暗中抱膝而坐的樣子像天使

每個慢動作是雨水的韻腳

帶點梨子酒味道

髮漩有我用手指確認過的記憶

截自〈眼瞼下的死〉

雨不懂你

你是後印象派，視覺，雪衣

貓是曠日廢時的等

始終貓不懂雨，季節不懂候鳥

你不懂洞穴之於愛與我，雨不懂你

　　　　　　　　　　　　　　截自〈眼瞼下的死〉

字的迷途

字也無辜，烏鴉也無辜

包括：烏克麗麗

總是躊躇於字詞之間像蜂巢進退失據

不知道如何折返

　　　　　　　　　　截自〈離群索居者的華麗〉

物化練習

貓很快樂很輕走進

木心的演化

感覺物化練習全然裸露也全然坦蕩

截自〈夜光核中的眼睛〉

白夜眨眼

奇蹟的線頭，就埋在你
每一遭欲振乏力的懸腕
白夜指紋
傷過又癒合的每一道割口

　　　　　　　截自〈白夜眨眼〉

天亮之前

這夜，蓋過名字的墓草深處

螢蟲眨過三次眼，致予受過的辜負

我掉落一根睫毛

一滴淚，給所有流離失所者

截自〈白夜眨眼〉

秋日煙火

沿著形狀美好的乳房散步
遇見一顆桑青色圓痣
沒有問候。像沉默地點燃全世界最小
最無辜的秋日煙火

截自〈再次決定〉

朝生暮死是一種慈悲

關於朝生暮死：

最小的孤單

最巨大的側錄

截自〈魔術寫字〉

對峙

我想此刻點燃的是犯規的寂寞

舊風衣敞開半弧形

低調地掩護，可是與風之間註定的對峙呢

截自〈再次決定〉

緩慢

馬車伕向他行禮，端詳他
走過來的步伐咬合緩慢的韻律
相信自己重新體認著縫隙之愛
沉默的春天胎記

截自〈馬車伕之愛〉

註：此詩化自米蘭昆德拉小說《緩慢》結尾。

劉曉頤截句

重演百年孤寂

廢墟擁抱廢墟

百年荒置的劇場也有

索雨的手心

截自〈劇場照亮劇場〉

森林中的關鍵字

走到森林最深處

敲碎一組胡桃中的關鍵字

也許就能找到咖啡與貓薄荷的鏈結

　　　　　　　　　　　　截自〈魔術寫字〉

你為我觸犯黑暗

肋骨第二節降調的微小和聲
是你緘默為我
把手探進夜的炭盆和碎玻璃
比虛度的真實更熾灼的夢

截自〈你犧牲使我失眠〉

你犧牲使我失眠

犧牲的姿勢如初衷，一側身

就延下滑的圓月

滴入我最疲渴那日

瀕危的夢境

　　　　　　　截自〈你犧牲使我失眠〉

意志堅決的紅豆

橘紅色洪水傾覆的午睡醒來

發現末日未到

夕暮之前

我又變回意志堅決的紅豆

截自〈意志堅決的紅豆〉

黑裡，嬰兒眼睛

所有手語皆告疲倦
然而一切的被動都如此甘願：
慢慢流逝的默劇
帷幕裁開是嬰兒的眼睛

截自〈夜光核中的眼睛〉

黑文本

她被大而無當的類死亡意念觸發
首度感覺，愈粗糙愈甜蜜
思索純真的黑潮或風格
究竟是倨傲的，抑或無辜？

截自〈離群索居者的華麗〉

小城邦

遊魂仰著安謐的神情，收斂軟翅

黑鍵上踮足行過生前的巧遇、來不及的告別

小於祈禱，大於革命

輕如手語而終究傾倒如城邦

截自〈夜光核中的眼睛〉

致世界

讓世界的傾斜依然運行
總有人耽愛如亡國之君

讓我不放手。

截自〈致世界〉

離去，從此恆長

笑容在軟弱者臉上

是夢中遇見天使，輕喚以馬內利

你轉身離去——

親愛的，終於我看見虹霓

截自〈十字架上的思念〉

到處存在的場域

妳殘留的睡意亞麻褐偏綠

晨光第一道摺痕打在

印象派的瓦

妳是我到處存在的無辜的場域

　　　　　　　　截自〈降臨妳晨間廚房〉

語言文學類　截句詩系25　PG2162

劉曉頤截句

作　　者／劉曉頤
責任編輯／林昕平
圖文排版／周妤靜
封面原創設計／許水富
封面設計／蔡瑋筠

發 行 人／宋政坤
法律顧問／毛國樑　律師
出版發行／秀威資訊科技股份有限公司
　　　　　114台北市內湖區瑞光路76巷65號1樓
　　　　　電話：+886-2-2796-3638　傳真：+886-2-2796-1377
　　　　　http://www.showwe.com.tw
劃撥帳號／19563868　戶名：秀威資訊科技股份有限公司
　　　　　讀者服務信箱：service@showwe.com.tw
展售門市／國家書店（松江門市）
　　　　　104台北市中山區松江路209號1樓
　　　　　電話：+886-2-2518-0207　傳真：+886-2-2518-0778
網路訂購／秀威網路書店：https://store.showwe.tw
　　　　　國家網路書店：https://www.govbooks.com.tw

2018年10月　BOD一版
定價：290元
版權所有　翻印必究
本書如有缺頁、破損或裝訂錯誤，請寄回更換

國家圖書館出版品預行編目

劉曉頤截句 / 劉曉頤著. -- 一版. -- 臺北市：秀
　威資訊科技, 2018.10
　　　面； 　公分. -- (語言文學類)(截句詩系；
25)
　BOD版
　ISBN 978-986-326-623-5(平裝)

851.486　　　　　　　　　　107017635

讀者回函卡

感謝您購買本書，為提升服務品質，請填妥以下資料，將讀者回函卡直接寄回或傳真本公司，收到您的寶貴意見後，我們會收藏記錄及檢討，謝謝！
如您需要了解本公司最新出版書目、購書優惠或企劃活動，歡迎您上網查詢或下載相關資料：http:// www.showwe.com.tw

您購買的書名：_____

出生日期：_____年_____月_____日

學歷：□高中 (含) 以下　　□大專　　□研究所 (含) 以上

職業：□製造業　□金融業　□資訊業　□軍警　□傳播業　□自由業
　　　□服務業　□公務員　□教職　　□學生　□家管　□其它_____

購書地點：□網路書店　□實體書店　□書展　□郵購　□贈閱　□其他

您從何得知本書的消息？
　□網路書店　□實體書店　□網路搜尋　□電子報　□書訊　□雜誌
　□傳播媒體　□親友推薦　□網站推薦　□部落格　□其他_____

您對本書的評價：(請填代號　1.非常滿意　2.滿意　3.尚可　4.再改進)
　封面設計____　版面編排____　內容____　文／譯筆____　價格____

讀完書後您覺得：
　□很有收穫　□有收穫　□收穫不多　□沒收穫

對我們的建議：_____

_____

_____

_____

11466

台北市內湖區瑞光路 76 巷 65 號 1 樓

秀威資訊科技股份有限公司　　　收

BOD 數位出版事業部

....

（請沿線對折寄回，謝謝！）

姓　　名：＿＿＿＿＿＿＿＿＿＿　年齡：＿＿＿＿　性別：□女　□男

郵遞區號：□□□□□

地　　址：＿＿＿＿＿＿＿＿＿＿＿＿＿＿＿＿＿＿＿＿＿＿＿

聯絡電話：(日) ＿＿＿＿＿＿＿＿＿　(夜) ＿＿＿＿＿＿＿＿＿

E-mail：＿＿＿＿＿＿＿＿＿＿＿＿＿＿＿＿＿＿＿＿＿＿